내 삶에 빛깔과 향기를 더해 주신

................................ 님께 바칩니다.

풀어옮긴이 **유영일**

세계인의 가슴을 울린 팝송들을 우리말로도 되풀이 음미할 수 있도록 맛깔스럽게 다듬으려고 애쓴 그는, '보이지 않는 사랑의 근원에 이어지는 삶'이야말로 가장 아름다운 성취라고 생각한다. 지은 책으로는 "마하무스 이야기", "있는 그대로 나 행복합니다", 옮긴 책으로는 "내 안의 나", "세상에서 가장 아름다운 여행", "지금 이 순간을 살아라" 등이 있다.

## 바람이 속삭여 준 말

펴낸날 ‖ 2016년 10월 25일 초판 발행

지은이 ‖ 밥 딜런 외

옮긴이 ‖ 유영일

펴낸이 ‖ 유영일

펴낸곳 ‖ 올리브나무  출판등록 제2002-000042호
경기도 고양시 일산동구 정발산로 82번길 10, 705-101
전화 070-8274-1226,  010-7755-2261
팩스 031-629-6983  E메일 yoyoyi91@naver.com

값 9,000원

ISBN 978-89-93620-57-3  03840

바람이 속삭여 준 말

- 밥 딜런 외 지음
- 유영일 풀어옮김

올리브
나무

# 사랑의 인사

**사랑의 줄다리기에 웃고 울어 본 적이 있나요?** 아무리 사랑 신호를 보내도 거리가 줄어들지 않는 안타까움을 경험한 적이 있나요? 사랑에 모든 것을 걸었다가 다 잃고 돌아서서 결국은 나만의 환상에 지나지 않았다고 낙담한 적이 있나요?

세상살이가 아무리 괴롭고 힘들어도 사랑이 있으면 대개는 극복 가능한 경계 안으로 들어오게 마련입니다. 하지만 아무리 잘난 사람도, 모두가 부러워하는 부와 명예를 거머쥔 사람도, 사랑을 잃으면 모든 것을 잃는 것과 같습니다. 아무리 분주하게 뛰어다녀도 사랑의 빛과 향기가 없는 삶은 공허한 그림자놀이에 지나지 않습니다.

사랑이 있기에 동터 오는 새벽이 가슴 벅찰 수 있고, 사랑이 있기에 봄바람에 움트는 잎새가 정겨울 수 있고, 사랑이 있기에 오가는 눈짓 하나 몸짓 한 번이 심상치 않을 수 있습니다. 사랑이 없으면 삶은 죽음으로 가는 행진에 지나지 않습니다. 아무리 공허한 삶이라도 사랑의 문이 열리면 힘차게 맥박 치기 시작합니다.

사랑은 삶 자체입니다. 나무들이 바지런히 양분을 빨아들이고 햇살과 바람을 버무려 꽃을 피우는 것도 사랑의 힘이요, 날마다 태양이 떠오르는 것도, 별들이 우주를 헤엄치는 것도 사랑의 힘입니다.

2016년의 노벨 문학상이 밥 딜런에게 안겨진 것은 지극히 이례적인 일로 여겨지고 있지만, 세계인의 가슴을 뒤흔든 그 정도를 저울질해 본다면, 충분히 그럴 만한 근거가 있다는 것을 누구나 인정할 것입니다. 그러나 어디, 밥 딜런뿐이겠습니까? 가슴을 울리는 사랑의 시, 사랑의 노래가 있기에 우리의 삶은 훨씬 풍요로울 수 있습니다. 여기 가려 뽑은 팝송 시편들은 인류의 가슴에 메아리치며 널리 불렸던 사랑의 노랫말들입니다.

어느 날 갑자기 낯선 손님처럼 찾아온 사랑 앞에서 도대체 무슨 말로 고백해야 할지 몰라 쩔쩔매는 내용에서부터, 어느새 성큼 자라버린 사랑의 키에 놀라 '이 사랑 멈추라고 하려거든 차라리 태양에게 빛나지 말라고 하라'는 사랑의 절정을 거쳐 '매일같이 거울 속에서 죽어가는 자의 초상을 본다'는 실연의 아픔에 이르기까지, 사랑의 온갖 표정을 만날 수 있을 것입니다.

세상이 온통 꺼져버린 듯한 절망 속에서도 그런 심정을 시로 읊고 노래로 부를 수 있는 여유만 있다면, 그 사람은 다시 일어설 수 있습니다. 여기 실린 사랑의 시, 사랑의 노래가 읽는 이의 사랑을 싹틔우고 자라게 하는 촉매가 되어 주기를, 더 나아가서는 힘든 세상 헤쳐 나아가는 데에 힘이 되고 위안이 되기를 바라는 마음 간절합니다.

풀어옮긴이 적음

# 차림표

인생의 여정을 함께하고 싶은
소중한 사람에게 바치고 싶은 시편들.

삶이 더 자유롭고 풍요로워지는,
가슴이 저절로 함께 부르게 되는 노래들…

# 당신은 나의 세계

당신은 나의 세계, 내가 들이쉬는 모든 숨결
당신은 나의 세계, 내가 행하는 모든 움직거림.
다른 이들은 하늘을 올려다보며 별을 찾지만
난 당신의 눈 속에서 별을 보아요.

나무들이 태양을 향해 두 팔을 벌리듯
난 두 팔 활짝 벌리며 당신께 사랑을 구해요.
당신의 손을 잡으면
신성한 기운이 전류처럼 내게로 흘러요.

당신은 나의 세계, 나의 낮과 밤
당신은 나의 세계, 내가 드리는 모든 기도.

우리의 사랑이 그치면
그건 나에게는 세상의 끝이에요.

맞잡은 당신의 손에서는
신성한 기운이 전류처럼 내게로 흘러요.

Helen Reddy의 "You're My World"에서

# 사랑이 없다면

사랑이 없다면 나는 사막이고,
사랑이 없다면 내 불빛은 어둠침침하고,
사랑이 없다면 보물을 도둑맞은 것과 같아.
사랑이 없다면 그 무엇도 얻을 수 없어.
사랑이 없다면 우리 모두는
어둠 속의 난파선 같을 거야.

사랑이 없다면 우리의 영혼은
강물에 휩쓸려 떠내려가 버리고,
우리의 기쁨은 암울하게 변해 버리지.
꿈꾸는 이 없는 꿈이 되어 버리고,
하늘 없는 구름이 되어 버리고,
아이 없는 엄마가 되어 버리지.

Be Bop Deluxe의 "Ships in the Night"에서

# 이미 알고 있었어요

당신은 아무렇지 않았을지 모르지만
난 당신의 눈 속에서 본 것 같아요,
아주 짧은 순간이지만
나의 미래를 본 것 같아요.

일종의 예감 같은 것이 스쳐 지나가고,
난 나의 가장 소중한 친구를 찾았다고 생각했죠.
미쳤다고 생각할지 모르지만
난 믿어요.

당신을 만나기 전부터 난 알고 있었죠,
내가 당신을 사랑하게 되리라는 걸.
당신이 내 삶 속으로 들어오는 꿈을 꾸었지요.
당신을 만나기 전에도 난 알고 있었죠.
내가 당신을 사랑하리라는 걸.

난 이 순간을 평생토록 기다려온 걸요.
뚜렷한 이유 같은 건 없어요,
단지 모든 것이 완전해졌다는 느낌뿐.

당신의 눈 속에서
잃어버린 조각들을 보았지요,
내가 내내 찾고 있었던 조각들을.
미쳤다고 생각할지 모르지만 난 믿어요,
고향에 돌아온 것 같은 안도감을 느껴요.

수많은 천사들이 당신을 에워싸고
춤을 추고 있군요.
당신을 찾은 지금,
저는 이제야 완전해졌어요.
당신을 만나기 전부터 난 알고 있었지요,
내가 당신을 사랑하게 되리라는 것을.

Savage Garden의 "I Know I Loved You"에서

# 놀라워라, 이 사랑

우리의 눈이 마주칠 때면
일렁이는 이 마음, 이 느낌,
나로서는 감당하기 버거워요.
당신의 손길이 나를 스칠 때마다
당신이 나를 얼마나 사랑하는지 느낄 수 있어요.
나를 완전히 앗아가 버린
이런 친밀감, 누구에게서도
느껴본 적이 없어요.
당신의 생각을 만진 것처럼 알 수 있고
당신이 꾸는 꿈을 나도 꿀 것 같아요.

당신이 무엇을 어떻게 하는진 모르겠어요,
하지만 난 당신과 사랑에 빠져 있고
점점 깊어만 가는군요.
남아 있는 나날을 당신 곁에서 지내고 싶어요.
당신이 하는 사소한 행동 하나하나가
나에게는 그저 경이로울 뿐이에요.
당신의 살갗 냄새,
당신의 달콤한 키스,
어둠 속을 울리는 당신의 속삭임,

나를 감싸는 당신의 머릿결,
내 마음의 구석구석을 어루만지는 당신의 손길,
아, 언제나 생전 처음인 듯 새롭기만 해요.
당신의 눈 속에 빠져 온 밤을 지새우고 싶어요.

당신이 무엇을 어떻게 하는지 모르겠어요.
하지만 난 당신과 사랑에 빠져 있고
점점 깊어만 가는군요.
남아 있는 나날을 당신 곁에서 지내고 싶어요.
당신이 하는 사소한 행동 하나하나가
나에게는 그저 경이로울 뿐이에요.

Lonester의 "Amazed"에서

# 아무것도 문제될 것 없어요

천리나 떨어져 있는데도
당신의 숨결 이렇게 느낄 수 있고,
우리가 누구인지를 영원히 믿을 테니
아무것도 문제될 것 없어요.

내 마음 이렇게 열어 본 적
일찍이 없었어요,
인생은 우리의 것이니
우리 식대로 사는 거죠 뭐.
그냥 지껄이는 말이 아니에요.
그러니 아무것도 문제될 것 없다구요.

누군가에게 나를 맡겨버리고 싶었는데
마침내 당신 안에서 그걸 찾았어요,
마음을 열고 다른 시각으로 보면
우리에게는 하루하루가 새롭기만 할 거에요.
그러니 아무것도 문제될 것 없어요.

사람들이 무어라고 하든 상관없어요.
그들이 알든 모르든 무슨 상관이에요.

하지만 나는 알아요,
천리나 떨어져 있음에도
당신의 숨결 이렇게 느낄 수 있고
우리가 누구인지를 영원히 믿을 테니
아무것도 문제될 것 없다는 것을요.

Metallica의 "Nothing Else Matters"에서

# 사랑할 누군가를 보내줘요

나에게는 지금 사랑할 누군가가 필요해요.
아침이면 간신히 두 발로 버티고 서서
조금씩 죽어가고 있는 거울 속의
낯선 사람 들여다보며
나도 모르게 눈물을 흘려요.
주님은 도대체 무얼 하고 있는 거죠?

평생토록 주님을 믿어 왔지만
구원의 느낌은 들지 않으니
나에게는 지금 누군가,
누군가 사랑할 사람이 필요해요.

하루 종일 뼈 빠지게 일하고 집에 돌아와도
나에게는 반겨줄 사람이 없어요,
힘겹게 번 돈을 함께 쓸 사람이 없어요.
무릎을 꿇고 기도를 드리다가
끝내는 눈물을 흘리고 말지요.

주여, 제발 누군가를,
사랑할 누군가를 좀 보내 주세요.

날이면 날마다 잘하려고 애쓰는데도
사람들은 늘 나를 무시하곤 해요.
그들은 내가 미쳤다고 말하고
상식도 없다고 말해요.
나에게는 믿을 사람이 아무도 없어요.

난 이제 삶에 대한 리듬도 박자도 잃고 말았어요.
살아 있다는 느낌도 없어요.
하지만 괜찮아요, 다 괜찮아요,
더 이상 실패만 하지 않는다면.
감옥 같은 이곳에서 빠져나갈 수만 있다면.

언젠가는 나도 자유를 노래 부르겠죠.
그러니 제발, 제발
나에게 사랑할 사람을 좀 보내줘요.

Queen의 "Somebody to Love"에서

# 세상의 끝

어찌하여 태양은 아직도 빛나고 있나요?
어찌하여 파도는 여전히 해변으로 밀려오나요?
당신이 더 이상 나를 사랑하지 않으니
세상이 벌써 끝장났다는 걸
그들은 왜 모르나요?

어찌하여 새들은 아직도 노래 부르고 있나요?
어찌하여 별들은 아직도 빛나고 있나요?
당신의 사랑을 잃으면 그것이 곧 세상의 끝임을
그들은 왜 모르나요?

아침에 깨어나 보니 너무도 이상하군요,
왜 모든 것이 예전과 마찬가지지요?
이해할 수 없어요, 정녕 이해할 수 없어요,
어찌하여 삶이 예전과 똑같이 계속되나요?

어찌하여 내 심장은 여전히 뛰고 있나요?
어찌하여 내 눈은 울고 있나요?
당신이 안녕이라고 말했을 때
세상이 끝장났다는 걸 그들은 왜 모르나요?

Skeeter Davis의 "The End of the World"에서

## 사랑에 빠진 여인

삶이란 광막한 시간 속의 한 순간,
꿈이 사라지면 외로움은 더욱 더 짙어지죠.
아침이면 안녕이라고 작별 키스를 하면서도
마음 깊은 곳에서 당신은 이미 알고 있어요,
우리가 그래야 할 이유가 없다는 걸.

길은 좁고 길어요.
눈과 눈이 얽혀서 강렬한 느낌이 오면
나는 벽에서 돌아서서 비틀대고 쓰러지면서도
당신에게 모든 걸 드릴 거예요.

나는 사랑에 빠진 여인,
무슨 짓이든 할 거예요,
당신을 내 세계로 데려와
그 안에 묶어 놓기 위해서라면.
누가 뭐래도 그건 나의 권리죠.

그밖에 내가 무얼 할 수 있겠어요?
당신과 영원히 함께 하는 사랑 속에서는
시간을 잴 수가 없어요.

당신과 나는 서로의 가슴 속에 살도록
처음부터 예정되어 있었어요.

바다를 사이에 두고 떨어져 있다 해도
당신은 내 사랑을 느낄 수 있고,
나는 당신의 말을 들을 수 있어요.
그건 결코 거짓이 될 수 없죠.
비틀대고 쓰러지면서도
당신에게 내 모든 걸 드리겠어요.

나는 사랑에 빠진 여인,
당신이 무얼 느끼고 있는지 알고 있다고
감히 말할 수 있어요.
한 여인으로서 할 수 있는 모든 걸 할 거에요,

당신을 내 세계로 데려와
그 안에 묶어 놓기 위해서라면.
누가 뭐래도 그건 나의 권리죠.
그밖에 내가 무얼 할 수 있겠어요?

Barbra Streisand의 "Woman in Love"에서

# 내 가슴 뛰고 있으니

밤마다 꿈속에서
당신을 만나요, 당신을 느껴요,
당신이 살아 있다는 걸 그렇게 알아요.

우리 사이의 거리를 뛰어넘고
공간을 뛰어넘어
당신은 그렇게 살아 있음을 보여주어요.

가까이 있든, 멀리 있든,
당신의 심장이 뛰는 소리 들을 수 있어요.
당신은 다시 한 번 문을 열고
여기 제 가슴 속에 들어와 있어요,
쉼 없이 뛸 저의 심장 속에.

우리를 스치고 지나간 사랑,
평생토록 계속될 거예요,
삶이 끝날 때까지 스러지지 않을 거예요.
당신이 여기에 있으니
두려워할 것 아무것도 없고,
난 내 심장이 계속 뛰리라는 걸 알고 있어요.

*24*

우리 영원히 이런 식으로 함께 해요.

당신은 여기 제 가슴 속에 들어와 있어요,
쉼 없이 뛸 저의 심장 속에.

Celine Dion의 "My Heart Will Go On"에서

# 달아나는 말들

말이… 얼른 떠오르질 않네요
어떡해야 당신을 알 수 있을까요,
내가 당신을 사랑한다는 것을.
무슨 말을 해야 할지 쉽지가 않네요.

말이… 암만해도 떠오르질 않네요
내가 당신을 사랑한다는 걸 알리는 방법은
이것뿐이에요,
무슨 말을 해야 할지 쉽지가 않다는 거.

나는 그저 음악을 하는 사람일 뿐이고,
멜로디가 나의 가장 친한 친구죠.
하지만 말이 자꾸만 헛나와요,
나의… 나의 마음 당신께 보여드리니
제발, 제발 당신이 믿어 주었으면 좋겠어요.

말이… 말이 얼른 떠오르질 않네요
내가 당신을 사랑한다는 걸
당신이 알게 하려면 어떡해야 할지

암만 해도 말이 떠오르질 않네요.

이것은 그냥 단순한 노래일 뿐이죠,
당신을 위해 제가 지은 거예요.
당신도 아시겠지만 다른 뜻은 없어요
내가… 내가 당신을 사랑한다고 말하면
진짜로 그렇다는 걸 제발, 제발 좀 믿어 줘요.

말이… 말이 얼른 떠오르질 않네요
내가 당신을 사랑한다는 걸
당신이 알게 하려면 어떡해야 할까요
쉽지가 않네요…
암만 해도 말이 떠오르질 않네요.

F. R. David의 "Words"에서

# 멈추라고 하지 마세요

이 사랑, 멈추라고 하려거든
차라리 비에게 내리지 말라고 하세요
바람에게 불지 말라고 하세요
태양에게 빛나지 말라고 하세요.

밤이 올수록
태양이 지게 내버려 두세요,
하지만 내가 쓰러질 때는
날 그냥 내버려 두지 마세요.

사랑이란 진실한 것이 아니라고 말해 줘요.
우리가 일상적으로 하는 일에 불과하다고요.
내가 특별한 사람이 아니라고 말하는 건 괜찮아요.
하지만 나에게 멈추라고 말하지는 마세요.
그런 말은 결코 하지 마세요.

나뭇잎들에게 변하지 말라고 말할지언정
나에게 나뭇잎처럼 달라지라고 말하진 마세요.
까마귀에게 검지 말라고 말할지언정

나에게 떠나야 한다고 말하지는 마세요.
제발, 제발 멈추라고 하지 마세요.

Madonna의 "Don't Tell Me"에서

## 사랑은 아마도

사랑은 안식처 같은 것,
인생의 폭풍 속에서 그대를 지켜주는
피난처 같은 것.
사랑이 존재하는 것은 그대를 위로하기 위해서이고
그대를 따뜻하게 덮혀 주기 위함이죠.
삶이 버거울 때나 외로울 때면
사랑의 추억이 그대를 고향으로 데려다 줄 거예요.

사랑은 하나의 창문 같은 것,
하나의 열린 문과도 같은 것.
사랑은 그대들을 더 가깝게 이끌어
서로에게 더 많은 것을 보여주길 원하죠.
그대가 길을 잃고 무엇을 해야 할지 모를 때면
사랑의 추억이 그대에게 길을 가리켜 보여줄 거예요.

사랑이란 어떤 이에게는 구름과 같은 것,
어떤 이에게는 강철처럼 강인한 것,
어떤 이에게는 살아가는 방식 같은 것,
어떤 이에게는 느낌으로 다가오는 것,

어떤 이는 사랑을 붙잡으라고 말하고
어떤 이는 사랑을 자유롭게 풀어 주라고 말하지요.
어떤 이는 사랑이야말로 모든 것이라고 말하고
어떤 이는 사랑이란 알 수 없는 것이라고 말하지요.

사랑이란 바다 같은 것,
갈등과 고통으로 가득 찬 바다 같은 것.
바깥이 추울 때의 화롯불 같고,
비가 내릴 때의 천둥 같은 것.
내가 만약 영원히 산다면,
그래서 내 모든 꿈이 실현된다면,
내 사랑의 추억은 곧 그대에 관한 추억이 될 거예요.

Placido Domingo & John Denver의 "Perhaps Love"에서

# 내 사랑 무엇과도 바꿀 수 없어

내 곁에 당신이 없는 채로 살아야 한다면
낮은 온통 텅 빈 것처럼 공허하고
밤은 한없이 길게 느껴질 거예요.

당신과 함께라면 세상이 온통
"아!"라는 감탄사로 가득한 걸
분명 볼 수 있어요.
전에도 사랑에 빠진 적이 있을진 몰라도
이렇게 강한 느낌은 처음이에요.

우리의 꿈은 아직 젊고
우린 둘 다 알고 있어요,
그 꿈이 우리를 우리가 원하는 곳으로
데려다 줄 거라는 걸.
안아 주세요, 어루만져 주세요,
당신 없는 삶은 살고 싶지 않아요.

내 사랑, 그 무엇과도 바꿀 수 없어요,
세상이 내 인생을 송두리째 바꿀 수 있을진 몰라도

당신을 향한 내 사랑만큼은 바꿀 수 없어요.
우리 가는 길 쉽지 않아도
우리의 사랑이 북극성처럼
우리를 인도해 줄 거예요.

나는 당신을 위해 거기에 있을 거예요.
당신이 나를 필요로 한다고 해도
당신은 어느 것 한 가지도 바꿀 필요가 없어요,
있는 그대로의 당신을 사랑하니까요.

그러니 나에게로 와서 함께 보아요,
당신도 영원을 볼 수 있을 거예요.
지금 날 안아 주세요, 어루만져 주세요,
당신 없는 삶은 살고 싶지 않아요.

Glen Medeiros의 "Nothing's Gonna My Love for You"에서

# 시간을 좀 주세요

조금만 시간을 주세요,
그러면 우리 사랑은 틀림없이 자랄 수 있을 거예요.
조금만 시간을 주세요,
그러면 우리 사랑은 틀림없이 자랄 수 있을 거예요.

인생은 너무 짧아서 실수하면 안 돼요,
서로에 대해 조금만 더 생각할 시간을 가져요.
우리는 너무 젊어서 마음이 급하지만
그렇다고 바보같이 굴 필요는 없잖아요.
우리 헤어진다고 해도
우리의 가슴은 결코 잊지 못할 거예요.
세월이 흐른 뒤엔 틀림없이 후회하게 될 거예요.

당신은 너무 젊어서 마음이 급해요.
사랑을 갈망하고 있지만, 걱정하지 말아요,
우리 둘 다 달콤한 사랑을 원하고 있으니까요.
하지만 그런 건 하룻밤 사이에 열매를 맺는 게 아니잖아요.
그러니 포기하지 말아요,
사랑은 천천히 찾아오는 법이니까요.

이봐요, 한 번만 더 애써 보아요,
그러면 넘어가 줄 테니까요.

사랑은 우리가 올라가야 할 산이에요.
우리 함께 손을 잡고 올라요.
그리 오래 사귄 건 아니지만
다가오는 느낌이 너무 강해요.
우리는 분명 해낼 수 있어요,
우리 둘이서 함께 헤쳐 나아가야 해요.

Kylie Minogue의 "Give Me Just a Little More Time"에서

# 사랑은 스스로 길을 찾는다

있는 그대로 충분해요,
그 무엇도 바꾸려고 하지 말아요.
세상 전체가 마치 당신의 미소를 위해
존재하는 것 같군요.

그러니 미소를 지어요.
헛된 꿈들을 우린
멀리, 멀리 던져 버렸지요.
당신과 함께라면 결코 외로워 본 적이 없어요.
결코 그럴 리 없었죠.

사랑은 스스로 제 길을 찾는다지만
그렇다고 해서 결코
자유롭진 않을 거라고들 하더군요.
당신을 그대로 놔두진 않을 거예요,
당신은 이해할 수 없을 거고
앞으로도 결코 이해하지 못하겠지만요.
있는 그대로 충분해요,
당신의 이름에 축복이 있기를.

우리가 이루었던 그 영광, 그 사랑은
세월 속에서 빛나겠지만
내게는 이루어질 수 없는 사랑이었지요.
당신은 그때 날 사랑할 수 없었고
나는 여전히 당신을 사랑해요.

있는 그대로 충분해요,
삶을 꼭 붙들고 길을 찾아요.
나는 있는 그대로의 당신을 사랑하는
당신의 그림자가 되어 드릴게요.

Bee Gees의 "Be Who You Are"에서

## 벗어나고 싶어

삶이 시작되자마자 우리는
좁은 틀 속으로 처넣어지지.
진정 어떻게 살고 싶은지
우리에게 묻는 사람은 아무도 없어.
누구나 나름대로 생각이 있게 마련인데도
학교에서는 생각하는 방식까지 가르치려 들지.
자기들만이 세상을 보고 있는 줄 아나 봐.
그들은 줄곧 잔소리를 늘어놓으며
멈출 줄을 몰라.

그러면 결국 포기하는 것은 우리 자신이지,
그들이 아니야.
결국 우린 이렇게 생각할 수밖에 없어.
벗어나고 싶어, 혼자서 내 맘대로 살고 싶어.
벗어나고 싶어, 날 좀 내버려둬.
벗어나고 싶어, 내 인생 내가 자유롭게 살고 싶어.

사람들은 나에게 이것과 저것을 명확히 구분하라고 하고,
이런 식으로 보아야 한다고 말하지.

나에게는 너무나 명백한 것들인데도
그들은 이쪽이냐 저쪽이냐로 나누어
선택을 강요해.
하지만 너무 그렇게 밀어붙이지 마,
입 닥치고 집에 가서 잠이나 자,
난 내 식대로 살기로 했으니까.

살아가는 방법은 백만 가지나 되고,
바보가 되는 길도 백만 가지나 있어.
딱히 이것이 옳다고 할 만한 것은 없지.
때로는 혼자 있을 필요가 있어,
그러니 제발, 제발 날 좀 내버려둬.
벗어나고 싶어, 혼자서 내 맘대로 살고 싶어.
벗어나고 싶어, 날 좀 내버려둬.
벗어나고 싶어, 내 인생 내가 자유롭게 살고 싶어.

Hellowen의 "I want Out"에서

# 너에게로 가는 길

친구여,
약해지지 않으려고 너무 애쓰지 말고
강하다고 너무 자만하지도 마.

친구여,
네 가슴을 정직하게 들여다봐,
그게 바로 너 자신에게로 돌아가는 길이야,
순진무구한 너 자신을 다시 찾는 길이야.

웃음이 나오면 그냥 웃어,
울음이 나오면 그냥 울어.
숨길 건 아무것도 없어,
그냥 너 자신이 되는 거야.

너에게 정해진 운명의 길을 따르는 거야.
사람들이 뭐라고 하든 상관하지 마,
너 자신의 길을 걸으면 되는 거야.

포기하지 말고 기회를 잡아,

천진함으로 돌아갈 수 있는 기회를.
그것은 종말의 시작이 아니야,
그것이 바로 너 자신에게로 돌아가는 길이야,
순진무구한 너 자신을 다시 찾는 길이야.

Enigma의 "Return to Innocence"에서

# 바람이 속삭여 준 말

얼마나 많은 길을 걸어야
진정 사람이 될 수 있을까.
얼마나 많은 바다를 건너야
비둘기는 백사장에서 잠들 수 있을까.
얼마나 많은 포탄이 날아가야
포화가 진정 멈출 수 있을까.

친구여, 해답은 바람이 알고 있다네,
바람만이 그 답을 알고 있다네.

얼마나 많은 세월이 흘러야
저 산이 바다가 될 수 있을까.
얼마나 많은 세월이 흘러야
사람들이 진정 지유를 숨쉬고 살 수 있을까.
얼마나 더 오랜 세월이 흘러야
저마다 고개를 돌리고
모르는 척하며 살지 않을 수 있을까.

친구여, 해답은 바람이 알고 있다네,
바람만이 그 답을 알고 있다네.

얼마나 더 많이 고개를 쳐들어야
진정한 하늘을 볼 수 있을까.
얼마나 더 많은 귀를 가져야
세상 사람들의 한숨 소리를 들을 수 있을까.
얼마나 더 많은 사람이 죽어야
희생자가 너무 많다는 걸 깨달을 수 있을까.

친구여, 해답은 바람이 알고 있다네.
바람만이 그 답을 알고 있다네.

Bob Dylan의 "Blowin in the Wind"에서

# 당신이 내 사랑 느낄 수 있도록

비바람이 당신의 얼굴을 때릴 때나
온 세상 다 짊어진 듯 삶이 버거워질 때면
내가 당신을 따뜻하게 품어줄게요,
당신이 내 사랑 느낄 수 있도록.

땅거미가 지고 별이 빛나기 시작하지만
당신의 눈물 닦아줄 사람 아무도 없을 때,
내가 당신을 백만 년 동안이라도 안아줄게요,
당신이 내 사랑 느낄 수 있도록.

당신이 아직 마음을 정하지 못했다는 것 알고 있지만
난 당신이 잘못 결정하도록 내버려두지 않을 거예요,
우리가 처음 만난 순간부터 이미 알고 있어요,
당신이 내 사람이라는 걸
난 조금도 의심하지 않아요.

때로는 굶주릴 수도 있겠지요.
세상에 얻어맞아 멍투성이가 될 수도 있을 거예요.
거리를 기어다닐 수도 있겠지요.
하지만 내가 하지 못할 일은 없을 거예요,

당신이 내 사랑 느낄 수만 있다면.

험한 폭풍 몰아치고
변화의 바람 아무리 거세게 불어닥쳐도
당신은 나 같은 사람,
다시는 만나지 못할 거예요.

당신을 행복하게 할 수 있다면,
당신의 꿈을 이루기 위해서라면,
난 무슨 일이든 할 거예요.
당신을 위해서라면 지구 끝까지라도 가겠어요,
당신이 내 사랑 느낄 수 있다면.

Bob Dylan의 "Make You Feel My Love"

# 무엇과도 견줄 수 없어

당신이 사랑을 거두어가 버린 지
어느덧 보름하고도 일곱 시간이 지났네요.
난 밤이면 내내 바깥에서 지내다가
낮에는 종일토록 잠에 곯아떨어지지요.

당신이 떠나 버린 이후로는
만나고 싶은 사람을 만나고
멋진 레스토랑에서 식사를 하면서
내가 하고 싶은 것은 무엇이든지 다 하지만,
그 무엇을 해도
울적한 이 마음 가시지 않네요,
당신과 견줄 만한 것은 아무것도 없기에.

당신이 없는 내 삶은
노래할 수 없는 벙어리 새와 같아요.
사랑하는 이여, 나의 무엇이 잘못되었는지
말 좀 해줘요.
만나는 남자들에게 손을 내밀어
팔짱을 낄 수도 있지만, 그럴 때마다
당신의 모습만 눈에 밟혀요.

의사에게 갔더니 그 작자는 말하더군요,
뭘 하든 즐거운 마음으로 하라구요.
당신과 견줄 만한 것은 아무것도 없다는 걸
그렇게도 모르다니, 답답한 양반!

당신이 뒤뜰에 심어 놓은 꽃들은
당신이 떠나자 모두 시들어 버렸어요.
당신과 함께 산다는 것이 때로는 힘겹다는 것
너무 잘 알아요. 하지만 다시 한 번만
기회를 갖고 싶군요. 그 무엇도
당신과 견줄 만한 것은 없기에.

Sinead O'connor의 "Nothing Compares to You"에서

# 천사의 눈동자

이런 느낌 겪어 본 적 있나요?
당신만 뒤에 남겨두고
세상이 온통 꺼져 버린 듯한 느낌.
이런 느낌 겪어 본 적 있나요?
넋이 완전히 빠져나가 버린 듯한 느낌.

이 구석 저 구석 살피며
혹시나 그녀가 거기 있는지 살펴보면서도
겉으로는 태연한 척하죠,
아무런 관심도 없는 척하죠.

암만 해도 그녀는 주위에 없다고
단념하려 하지만
가는 곳마다 그녀의 시선이 느껴지니
견디기 힘들군요.

이런 느낌 겪어 본 적 있나요?
당신만 뒤에 남겨두고
세상이 온통 꺼져 버린 듯한 느낌.

Sting의 "Angel Eyes"에서

# 마침내

마침내 내게도
사랑이 찾아왔어요.
외로운 날들은 다 지나고
목청 높여 노래라도 부르고 싶은 삶이
내 앞에 활짝 열렸어요.
하늘은 눈 시리도록 푸르고
내 가슴은 기쁨으로 넘쳐요.

당신을 만났던 날 밤,
그동안 접어두었던 꿈이 다시금
내게 말을 걸었고,
예전에는 결코 알지 못했던 떨림으로
볼을 부빌 사람을 찾았어요.

당신은 미소를 지었고,
나는 마법에 걸렸지요.
그리고 우리는 이제 천국에 있어요,
마침내 당신이 내 사랑이 되었으니까요.

Phobe Snow의 "At Last"에서

# 오늘은

오늘은 최고의 날,
내 생애 최고의 날,
내일을 위해 살 수는 없는 일이죠.

내일, 내일, 또 내일,
내일은 너무 길어요,
내일을 경험할 수는 없어요.
내일이 오려면
두 눈이 다 빠져 버릴 거예요.

삶이 허용하는 것 이상을
넘겨다보며 살아왔지만
이젠 정말 신물이 나요
체면을 위해서 사는 건 정말 지겨워요.

오늘은 내 생애 최고의 날,
내일을 기다리면 살 수는 없는 일이요.

내일, 내일, 내일은 너무 길어요,
내일을 경험할 수는 없는 일이니

내일이 오려면
심장이 터져 버릴 거예요.

오늘은 내 생애 최고의 날

Smashing Pumpkins의 "Today"에서

# 당신의 눈 속에 천국이

당신의 두 눈 속에는
상처 받은 흔적이 보이네요.
나는 결코 당신을 실망시키지 않으리라는 걸
알아두세요, 그러기 위해서라면
무슨 짓이든 할 거예요.
내 가슴이 원하는 바가 진정 무엇인지,
내 안의 깊은 곳에서 무엇을 느끼고 있는지
이제야 알았어요.

당신의 두 눈 속에서
다시 한 번 당신의 사랑을 보고 싶어요,
당신의 두 눈 속에서 말예요.
이런 느낌이 끝나지 않는다면
얼마나 좋을까요.

그 사랑의 빛을 찾기까지는
꽤 많은 시간이 걸렸지요.
하지만 이제 나는 알아요,
당신의 눈 속에는 천국이 있다는 것을.
우리가 겪었던 그 모든 가슴 아픔에도

내가 어떻게 태연할 수 있겠어요?
사랑이 이렇게 스스로 자랄지는
미처 생각하지 못했어요. 하지만 난
당신 때문에 알게 되었어요,
내 가슴이 원하는 바가 진정 무엇인지,
내 안의 깊은 곳에서 무엇을 느끼고 있는지.

강한 자만이 살아남는 불안한 세상 속에서도,
가파르게 헤쳐 온 세월 속에서도,
우리에게는 더 이상 감출 수 없는
무언인가가 있어요.
내 안의 깊은 곳에서 솟아나는 이 느낌
더 이상 감출 수 없어요.

Loverboy의 "Heaven in Your Eyes"에서

# 한 가지만 이유를 말해 봐요

내가 떠나면 안 되는 이유를
한 가지만 말해 봐요,
그러면 당신에게 곧바로 돌아설 테니까요.
당신을 혼자 남겨두긴 싫다고 말했잖아요,
그러니 당신이 내 마음을 돌려놓아요.

난 당신의 전화번호를 알고 있고,
당신도 내 전화번호를 알고 있지요.
나는 여러 차례 다이얼을 눌렀고,
그건 당신도 아시잖아요. 그러니 당신도
이제는 내게 전화할 수 있잖아요.
언제든지 전화해도 좋아요.

젊은 가슴으로 당신을 사랑해 줄 수도 있어요.
그래요, 당신이 원하는 걸 줄도 있어요.
하지만 소중한 에너지를 낭비해 가며
당신을 쫓아다니기엔 너무 나이가 들었어요.

그러니 내가 떠나면 안 되는 이유를
한 가지만 말해 봐요,
그러면 당신에게 곧바로 돌아설 테니까요.
당신을 혼자 두긴 싫다고 했잖아요.

Tracy Chapman의 "Give Me One Reason"에서

## 있는 그대로가 좋아요

나를 위해서라면
그 무엇도 바꾸려고 하지 마세요.
당신은 날 실망시켜 본 적이 없어요.
너무나 자주 보아서
당신을 싫증낼지도 모른다는 식으로
상상하지 마세요.
아무리 어려운 시기가 닥쳐도
당신을 떠나지 않을 거예요.
어느새 여기까지 왔잖아요.
지금까진 너무 좋았어요.
하지만 어려운 시절도 닥쳐오겠죠.
어찌 되든 있는 그대로의 당신을 다 받아들일 거예요.

새로운 패션으로 변화를 주려고 하지 말아요.
머리 색깔도 바꾸려고 하지 말아요.
내색은 하지 않을지 모르지만
내 마음은 항상 당신을 향해 달려가고 있어요.

그럴듯한 말솜씨로
우리 사이를 장식하고 싶진 않아요.

그런 것은 너무 어려워요.
터놓고 대화를 나눌 수 있는 사람이면 되죠.
있는 그대로의 당신이 좋아요.

당신은 한결같은 사람이라는 것을,
내가 알고 있는 항상 그 사람이라는 것을
확인하고 싶어요. 내가 당신을 믿듯이
당신도 나를 믿게 하려면 어떻게 해야 할까요.

당신을 사랑한다고, 영원히 사랑한다고 말했지요.
그건 가슴에서 우러나온 진심이에요.
더 이상 당신을 어떻게 사랑할 수 있을까요?
있는 그대로의 당신이 좋아요.

Billy Joel의 "Just the Way You Are"에서

# 천지에 사랑의 기운이

손가락 끝으로도 느낄 수 있어요,
발가락 끝으로도 느낄 수 있어요.
어디에나 사랑의 기운이 흐르고 있고,
그 느낌 갈수록 커져만 가네요.

사랑은 바람의 날개 위에도 쓰여 있어요.
내가 가는 곳곳마다에 사랑이 쓰여 있어요.

그래요, 정말 그래요,
당신이 진실로 저를 사랑한다면
이로 오셔서 그 사랑 보여주세요.

내가 당신을 사랑한다는 건 당신도 아시잖아요.
앞으로도 항상 당신을 사랑할 거예요.

내 마음은 내 느낌에 따라 움직이고
거기에는 시작도 없고, 끝도 없어요,
당신이 내 사랑 믿을 수 있도록.
침대 위에 누워 당신의 얼굴 그려 보아요.
당신 했던 말 낱낱이 떠올려 보아요.

누군가 내 곁에 있어줄 사람이 필요해요,
내 곁에 있어 줄 사람이 필요해요.

Wet Wet Wet 의 "Love Is All Around"에서

## 열망

나타났다가 스러지는 부질없는 느낌들,
하지만 그중에도 덧없이 스러지지 않고
내 안에서 자라나고 싶어하는
그 무엇이 존재한다는 걸
예전엔 미처 몰랐네,
내 정수리 주변 어딘가에서 속삭이는 영혼의 소리에
나는 머릿속 헤아림을 멈추고
내면으로 들어가네.

내 안 깊은 곳에서 나는 아네,
거기에는 영혼을 자유롭게 풀어 줄
뭔가 다른 진실이 존재한다는 것을.

내 안 깊은 곳에 무엇이 씌어 있는 줄을
알고 싶어하지 않는다면
내가 그 무엇인들 제대로 볼 수 있을까.
내가 그 무엇으로 존재할 수 있을까.

마음은 지칠 줄 모르고 무언가를 찾아 헤매지만
진리는 영원히 변치 않고 그 자리에 있네.

가만히 귀 기울여 보게,
여기에는 사랑이 있고 저기에는 고통이 있지만
그 모두가 같은 목소리로 노래하는 것,
어디에나 두루 존재하는 영원한 것이 있다네.

새로운 어떤 것을 말해 줄 순 없지만
결코 부서지지 않는 우주가
우리 안에 깃들어 있다는 것은
변함없는 진실이라네.

우리가 그 의미를 아직은 알고 있지 못하지만
나는 확신하네,
만물 안에는 우리가 거부할 수 없는 진리가
깃들어 있다는 것을.
그것은 언제나 있어 왔고, 지금도 있으며,
앞으로도 영원하리라는 것을.

가야 할 머나먼 길이 있고,
알아야 할 지고한 것들이 있으며,
통과해야 할 세계가 있지만,

우리가 고향에 당도하려면
아직도 해야 할 것들이 너무 많네.

내 안 깊은 곳에서 나는 아네,
거기에는 영혼을 자유롭게 풀어 줄
뭔가 다른 진실이 존재한다는 것을.

내 안 깊은 곳에 무엇이 씌어져 있는 줄을
알고 싶어하지 않는다면
내가 그 무엇을 제대로 볼 수 있을까.
내가 그 무엇으로 존재할 수 있을까.

Helloween의 "Longing"에서

# 시간을 병 속에 가둘 수 있다면

시간을 병 속에 가둘 수 있다면
내가 가장 하고 싶은 것은
영원한 나날을 모두 담아서
당신과 함께 보내는 거야.
세월을 보물처럼 소중히 간수하여
다시 한 번 당신과 함께 보낼 거야.

하지만 하고 싶은 일들을 모두 하기에는
시간이 충분치 않은 것 같아.
하고 싶은 일들을 헤아려 본 후
나는 마침내 알게 되었어,
시간을 함께 하고 싶은 사람은
당신뿐이라는 것을.

Jim Groce의 "Time In a Bottle"에서

# 사랑의 협주곡

초원 위로 떨어지는 빗방울은
부드럽게 대지를 적시고
나무 위로 높이 날아오르는 새들은
꽃들에게 세레나데를 불러주네요.
오 오 오~
저기 언덕 위에 높이 걸려 있는
밝은 무지개 색깔을 좀 보아요.
저 하늘의 신비로운 힘이
이 날을 마련해 준 거예요,
우리가 사랑에 빠질 수 있도록.

이제 저는 당신 것이에요,
오늘부터 영원히 영원히.
부드럽게 사랑해 주세요,
나의 모든 것을 다 당신께 드리겠어요.
사랑 없는 기나긴 밤으로
나를 외롭게 만들지 말아요.
언제나 진실하게 대해 주세요,
언제나 가슴의 진실에 머물러 주세요.
언젠가는 이 초원에 다시 찾아올 거예요.

빗속을 함께 거닐며
새들의 노래를 다시 들어요, 오 오 오.
당신은 두 팔로 나를 감싸며
다시 한 번 사랑한다고 말해 주겠죠.
당신의 사랑이 진실하기만 하다면
세상 만물이 모두 경이롭게 여겨질 거예요.

Sarah Vaughan의 "A Lover's Concerto"에서

# 당신의 미소 한 번에

당신의 미소 한 번에
마음속 근심 걱정 깨끗이 사라졌어요.
믿을 수 없어요,
내 가슴을 울리는 천사가
바로 내 곁에 서 있었군요.

당신의 미소 한 번에
나는 그만 돌아갈 길을 잃고 말았어요.
믿을 수 없어요,
내 가슴을 울리는 천사가
바로 내 곁에서 나를 부르고 있었군요.

숨을 들이쉴 때마다
새로운 기운이 나를 가득 채워요.
당신이 내 가슴을 열어 주었고,
나를 향해 똑바로 걸어 들어왔어요.

나는 길을 잃고 홀로 헤매었어요.
어떻게 그럴 수가 있었을까요.
과거의 일에 너무 오래 매달려 있었어요.

이제는 아무렇지도 않아요,
이번에는 진짜니까요.

사랑이 이렇게 좋은 것인 줄
예전에 미처 몰랐어요.
당신은 나의 세계를 송두리째 바꿔 버렸어요,
두 번 다시 있을 수 없는 일이죠.

Westlife의 "I Lay My Love on You"에서

# 있는 그대로 놓아두어라

고통스럽게 번민하는 어느 날
성모 마리아가 나에게 와서
속삭여 준 지혜의 말씀,
"있는 그대로 놓아두어라."

시련이 깊어가던 어느 날
그녀가 내 앞에 서서 들려준 지혜의 말씀,
"있는 그대로 놓아두어라."

가슴 아픈 사람들이 어울려 살아가는 세상에서
해답이 될 수도 있는 지혜의 말씀,
"있는 그대로 놓아두어라."

서로가 반목하고 갈라서는 사람들일지라도
기회는 여전히 남아 있으니,
그들에게 해답이 될 수도 있는 말씀,
"있는 그대로 놓아두어라."

먹구름이 몰려오는 밤,
머리맡 스탠드를 켜둔 채로 놔둔들 어떠리,
"있는 그대로 놓아두어라."

음악 소리에 깨어나 보니
성모 마리아가 나에게 다가와
속삭여 준 지혜의 말씀,
"있는 그대로 놓아두어라."

The Beetles의 "Let It Be"에서

# 외로운 섬이 되어

당신은 그동안 너무 멀리 떠나 있었어요.
나는 마치 집 없는 아이처럼 외로웠지요.
모든 것이 괜찮다고
광대처럼 거짓 시늉을 했지만
가슴은 무너져 내리고 있어요.
난 너무나 외로운 섬,
당신 때문에 외로운 섬이 되고 말았어요.

당신 없는 삶은
덫에 갇혀 사는 것이나 마찬가지요.
당신은 내가 가진 전부인데
당신을 놓고 떠날 순 없지요.
당신의 사랑의 손길이 스쳐가면
내 마음은 불타 버려요.
멈춰야 하지만 도저히 멈출 길이 없어요.

당신 없는 삶은
덫에 갇혀 사는 것이나 마찬가지죠.
빗나간 사랑, 눈이 멀어버린 사랑,
하염없이 눈물이 흘러내리지만

포기하고 떠날 수가 없네요.

난 너무나 외로운 섬,
당신 때문에 외로운 섬이 되고 말았어요.
당신 없는 삶은
덫에 갇혀 사는 것이나 마찬가지죠.

Loudness의 "So Lonely"에서

## 나의, 오, 나의

나에게는 한 여인에 대한 믿음이 있어요,
나의, 오, 나의 여인에 대한.

나에게는 사랑에 대한 믿음이 있어요,
나의, 오, 나의 사랑에 대한.

할 수만 있다면 누군가를 붙잡으려고 해봐요,
나에게는 한 여인에 대한 믿음이 있어요,
나의, 오, 나의 여인에 대한.

우리는 모두 말을 건넬 누군가를 필요로 하죠,
나의, 오, 나의 누군가가.

당신이 기대어 울 수 있도록
어깨를 빌려줄 사람이 필요하다면
나를 불러 주세요, 내가 곁에 있어 드릴게요.
우리는 모두 말을 건넬 누군가를 필요로 하죠,
나의, 오, 나의 누군가가.

우리는 모두 사랑할 누군가를 필요로 하죠,
나의, 오, 나의 사랑이.

Slade의 "My Oh My"에서

# 운명이라는 이름의 극장에서

관객들이 모두 숨을 죽이고 기다리는 가운데
조명이 비추기 시작하면
하나의 이야기가 펼쳐지지,
어느 시대에나 세상은 하나의 무대야.

한 편의 연극이 시작되면
꿈을 가진 한 아이가 등장하여
배워야 할 수많은 것들을 배워 나가지.
하루가 번개처럼 지나가고
어린시절이 꿈결처럼 흘러가지.
제1막은 순식간에 끝나고 말아.
우리가 품은 꿈들은
세월이 흐름에 따라 잊혀지고 말아,
현실이 꿈을 삼켜 버리는 거야.

이제 소년이 된 아이는 새로운 꿈을 품고
꿈을 실현하기 위해 고투하지.
가슴 속의 두려움도, 지난날의 고통들도
그의 희망을 앗아가진 못해.
하지만 현실은 얼마나 혹독한지 몰라.

소년은 참고 이겨 나가지만
새로운 문제들이 등장하여
그때마다 용기를 잃고 말아.
시간이 소년의 모든 계획을 물거품으로 만들어 버리면
제2막이 끝나지.

우리가 품은 꿈은
세월이 흐름에 따라 잊혀지고 말아.
현실이 꿈을 삼켜 버리는 거야.
삶의 의미를 추구하지만
우리의 실수와 잘못이 어디로 가진 않아.
우리의 가슴은 끝나지 않을 꿈을 품지만
진실은 우리의 가슴에서 너무나 멀리 떨어져 있지.

소년은 이제 어른이 되지.
몇 가지 희망이 남아 있긴 하지만
그는 이제 그것들이 실현될 수 없다는 걸 알고는
가슴에 증오와 회한을 쌓아가지.
그의 모든 희망은 멀리 달아나 버리고
삶은 자신을 방어할 기력마저 잃고 말아.

얼마나 많은 세상 사람들이 환멸 속에서 죽어갈까.
꿈을 품고, 그 꿈이 어느 날 실현되는
그런 일은 일어날 수 없는 것일까.

이 이야기는 결코 끝나지 않을 거야.
우리가 품은 꿈은
세월이 흐름에 따라 잊혀지고 말아.
현실이 꿈을 삼켜 버리는 거야.
삶의 의미를 추구하지만
우리의 실수와 잘못이 어디로 가진 않아.
우리의 가슴은 끝나지 않을 꿈을 품지만
진실은 우리의 가슴에서 너무나 멀리 떨어져 있지.

Viper의 "Theatre of Fate"에서

# 숨어버리고 싶어

입속으로만 우물대지 말고
하고 싶은 말은 해버리라고들 하지만
난 끝내 삼켜버리게 되곤 해.
마음이 답답해져서 혀가 굳어 버리곤 해.
나를, 나의 영혼을 좀 구해 줘.

때로는 당신도 뒤로 물러설 때가 있잖아.
자세를 바짝 낮추기도 하잖아.
있는 그대로의 나를 사랑해 줘.
나같이 평범한 남자에게 그렇게 까다롭게 굴지 마.
당신에게서 숨고 싶어,
다 끝나거든 날 깨워줘.

꿈 같은 것은 다 팔아 버렸어.
멀리 사라져가는 꿈들을 지켜보았지.
피를 흘리기도 했지만
걱정해 주는 사람은 아무도 없는 것 같아.
있는 그대로의 나를 사랑해 줘.

Mr. Big의 "Take Over"에서

## 은밀한 마음


무엇이 그렇게 두렵나요?
누가 들을까 봐서요?
잘못될 게 뭐 있어요.
당신의 비밀스러운 가슴 안으로
그녀를 받아들여요.

뭘 그렇게 감추려고 하죠?
뭘 그렇게 소중하게 감싸죠?
뭘 그렇게 심각하게 생각하죠?
어쩌면 당신이 남자답지 못해서인지도 몰라요.
어쩌면 당신이 터프하지 못해서인지도 몰라요.
잘못될 게 뭐 있어요.
당신의 비밀스러운 가슴 안으로 그녀를 받아들여요.

한사코 감추려고만 하는 것은
드러내고 싶어서 어쩔 줄 모르는
마음과 다를 바가 없는지도 몰라요.
당신의 느낌을 그녀에게 솔직히 말하세요.
이리 나와요,
감춰두었던 마음을 다 털어놓아요.

이런 외로움을 견딜 수 있는 사람이
몇이나 되겠어요.
혼자서는 살아기기 힘들다는 걸 인정하면 어때요.
당신의 비밀스러운 가슴 안으로
그녀를 받아들여요.
잘못될 게 뭐가 있어요.

Ron Sexsmith의 "Secreet Heart"에서

# 앤지

앤지, 앤지,
언제가 되어야 저 어둠이 완전히 사라질까.
운명은 우리를 어디로 이끌어 갈까.
우리의 영혼에는 사랑이 없고,
가진 것 또한 없으니
우리가 흡족할 수 있는 건 아무것도 없어.
하지만 앤지, 앤지,
우리가 애쓰지 않았던 건 아니잖아.
앤지, 아름다운 앤지,
하지만 이젠 안녕이라고 말해야 할 때가 된 것 같아.

앤지, 당신을 여전히 사랑해.
우리가 울며 지샜던 밤들을 떠올려 봐.
금방이라도 붙잡을 것 같았던 꿈들은
연기처럼 사라져버린 것 같아.
이리 와 봐, 속삭여 줄게.
앤지, 앤지,
운명은 우리를 어디로 이끌어 갈까.
앤지, 울지 말아.
당신의 키스는 여전히 달콤하기만 해.

당신의 눈가에 어린 눈물자국은 정말 싫어.
앤지, 앤지,
이젠 안녕이라고 말해야 할 때가 된 것 같아.
우리의 영혼에는 사랑이 없고
가진 것 또한 없으니
우리가 흡족할 수 있는 건 아무것도 없어.

하지만 앤지, 아직도 난 당신을 사랑해.
어디를 가나 당신의 눈을 만나.
당신에게 견줄 만한 여인은 있을 수 없어.
앤지, 이젠 눈물을 닦아.
앤지, 앤지, 살아 있다는 건 좋은 거야.
앤지, 앤지, 우리도 애쓸 만큼 애썼잖아.

Rolling Stones의 "Angie"에서

# 모두가 달려가는 세상에서

인생의 중압감을 느끼는 건
명망 있는 인사들만이 아냐.
나 또한 당신들처럼
죽어라 달려가고 있잖아.
인생의 포로가 되어 어딘가로 내닫고 있잖아.

때로는 내 이름조차 기억나지 않아.
때로는 귀중한 시간을 허비하고 있다는 생각이 들어.
죽도록 일만 하다가
인생은 휙 지나가 버리지.
우리가 결승선을 통과할 때
진정 중요한 것은 무엇일까.

난 내 인생을 낭비하고 있는 건 아닐까.
해답을 구하려고 할 때면
그제서야 욕망은 믿을 게 못 된다는 걸 알아.
뿌린 대로 거둘 수밖에 없다는 걸 알아.
아무리 돈을 사랑한다고 해도 충분히 가질 수 없고,
그것마저 죽을 땐 놓고 가야 하지.

귀중한 시간을 허비하고 있다는 생각이 들어.
죽도록 일만 하다가
인생은 휙 지나가 버리자.
우리가 결승선을 통과할 때
진정 중요한 것은 무엇일까.
내 인생을 허비하고 있다는 것을 이제야 알겠어.
죽어라 달려야만 하는 경쟁의 게임은
악마의 게임이야.

더 이상 달릴 수가 없어.
더 이상 따라잡을 수가 없어.
더 이상 인생을 허비하고 있을 수가 없어.
이건 더 이상 내 인생이랄 수도 없어.
오, 내 인생, 오, 내 인생.

Impelitteri의 "Rat Race"에서

# 집에 가기 싫어

너에게 닿기 위해서라면
영원이라도 포기하겠어.
너도 나의 이 느낌 알고 있잖아.
너와 함께 있을 땐 마치 천국에 있는 것 같아.

지금은 집에 가고 싶지 않아.
이 순간만을 만끽하고 싶어.
너의 체취만을 들이마시고 싶어.
이제 곧 모든 것이 끝나 버릴 테니까.

오늘 밤, 난 널 놓치고 싶지 않아.
사람들에게 이런 날 들키고 싶지도 않고.
그들이 이해해 줄 리 없으니까.

모든 것은 다 망가질 때가 있게 마련이지만
이상하게 생각하지 마.
있는 그대로 받아들여 줘.
애써 눈물 지으려 할 필요도 없고,
거짓 시늉을 할 필요도 없어.

모든 것이 영화처럼 느껴질 때가 있지만
피를 흘리는 걸 보면
네가 살아 있다는 걸 알 수 있잖아.
사람들에게 이런 날 들키고 싶지 않아.
그들이 이해해 줄 리 없으니까.

모든 것은 다 망가질 때가 있게 마련이지만
이상하게 생각하지 마.
있는 그대로 받아들여 줘.
있는 그대로의 나를 받아들여 줘.

God God Dolls의 "Iris"에서

# 장미의 기적

어떤 이들은 말하죠, 사랑은 강물이라고,
연약한 갈대를 삼켜 버리는 강물이라고.

어떤 이들은 말하죠, 사랑은 면도날이라고,
영혼이 피 흘려도 내버려두는 면도날이라고.

어떤 이들은 말하죠, 사랑은 갈증이라고,
채워도 채워도 부족하기만 한 허기증이라고.

나는 말하겠어요, 사랑이란 한 송이 꽃이고
당신 자신은 씨앗일 뿐이라고.

상처 입는 것을 두려워한다면
춤은 절대로 배우지 못한답니다.

꿈에서 깨어나는 것을 두려워한다면
절대로 기회를 붙잡지 못한답니다.

죽음을 두려워하는 영혼은
절대로 살아가는 법을 터득할 수가 없답니다.

홀로인 밤을 보내면서
가야 할 길이 너무나 멀게만 느껴질 때,
사랑이란 운 좋은 사람들이나 하는 것이라는
생각이 들 수도 있을 거예요.

하지만 기억하세요,
겨울날의 눈더미 아래 땅 속에는
씨앗이 묻혀 있고
봄이 되어 태양의 사랑을 받으면
장미가 되어 피어날 것임을.

Westlife의 "the Rose"에서

# 모든 걸 다 걸었어요

기차가 지나가는 것을 바라보면서
한 세월 보내고 말았어요.
백사장에 누워 바닷새들 날아가는 것 바라보며
누군가가 집에서 나를 기다리는 모습을
상상하곤 했죠.
어쩌면 그 사람이 바로 당신이 아닐까.
그런 예감이 들어요,
어쩌면 그 사람이 바로 당신이 아닐까.

연인들이 지나가는 것을 돌아보면서
그들이 어떻게 만났을지,
무슨 사연 만들어 가고 있는지,
헤아려보곤 했죠.
깃들 곳은 찾았다고 해도
함께 할 얼굴은 어떻게 알아보죠?

함께 걷는 시간, 많이 가져요.
함께 꿈꾸고, 함께 깨어나요.
그렇게 우리 사랑 만들어 나가요.

우리에겐 시간이 더 필요한 것 같아요.
우리에게 필요한 것은 시간뿐인 것 같아요.

난 지금껏 사랑의 노래들과 자장가를
많이 많이 아껴 왔어요.
그러고도 얼마든지 더 있어요,
아무도 들어 보지 못한 노래들도.

그런 예감이 들어요,
어쩌면 그 사람이 바로 당신이 아닐까,
내 인생의 모든 것.

Stephen의 "All of My Life"에서

## 자연스럽게 굴어요

우리의 작은 비밀,
당신은 아무래도 숨기기 어려울 거야.
범람하는 강물처럼,
비 온 뒤의 칡넝쿨처럼,
무성하게 자라나는 우리 사이의 비밀을.

당신이 걸어 들어왔을 때,
모두가 눈치를 챘을 거야,
당신 앞에서는
내가 한없이 무력해진다는 것을.
내가 할 수 있는 건
아무 것도 없다는 것을.

놓아 달라고 애걸하지는 않겠어.
하지만 제발, 제발 자연스럽게 굴어 줘.
우리의 고민을 내비치지 말아줘.
우리가 스스로 해결할 때까지는
아무에게도 알리지 말아 워.
사람들이 의심할 짓은 제발 하지 말아 줘.

감정을 단단히 붙들어매고
드러내지 말아 줘.
자연스럽게 굴어.
언제나처럼 예쁘고 상냥한 모습 보여줘.
아무렇지도 않게 굴어 줘,

Semisonic의 "Act Naturally"에서

# 가면무도회

뭔가 할 말을 찾아 더듬거리며
이렇게 외로운 게임을 벌이고 있는
우린 지금 진정 행복한가요?

서로가 합류할 수 있는 지점을 찾았지만
찾지 못한 우리는
가면, 가면무도회 속에서
그만 길을 잃고 말았어요.

둘 다 입밖에 내길 꺼려하지만
우린 지금 너무나 멀어져 버렸어요.
서로에게 다가가던 시절부터
대화로 풀어 보려 했었지만
말이 오히려 방해가 되었네요.

우린 내심 어찌할 줄 모르는 채
이렇게 외로운 게임을
벌이게 되고 말았네요.

당신의 눈을 바라볼 때면

떠나야겠다는 생각은 사라져버려요.

왜 이렇게 되어 버렸는지
그 이유를 찾아보려고 아무리 애써도
되풀이되는 가면무도회 속에서 그만,
그만 길을 잃고 말아요.

George Benson의 "This Masquerade"에서

# 천국의 한 조각

당신의 가슴에 이르는 길을 알려주세요.
그 길을 찾으려 하지만 맴돌고만 있네요.
모든 것을 뒤로 한 채
우린 여기 이렇게 서 있지만
서로에게 할 말이 아무것도 없네요.

이렇게 힘들 줄은 상상도 못했어요.
모든 것이 예전처럼 돌아가기를 바라며
당신의 집 문앞에서 날밤을 새웠지요.
천국의 한 조각을 다시 찾게 해줘요.
다시 한 번 고향 품에 안기게 해줘요.
나는 이 사랑이 영원히 지속되길 바란답니다.

다시 하나로 합해져서,
먼지 많은 이 세상 잊을 수 있도록
높이 높이 솟아올라요.

누군가가 내 자릴 대신하게 되었나요?
그것이 우리의 마지막 포옹이었나요?
당신은 나에게 시간을 달라고 하시지만

나에겐 너무나 힘든 시간이에요.

천국의 한 조각을 다시 찾게 해줘요.
다시 한 번 고향 품에 안기게 해줘요.

다시 하나로 합해져서,
먼지 많은 이 세상 잊을 수 있도록
높이 높이 솟아올라요.

Gotthard의 "Heaven"에서

# 무너지는 시간 속에서

나를 흔들어 놓고는 떠나 버려
온종일 전화에 매달리게 한 당신,
당신을 사랑한 내가 바보지요.

고개를 들어 보니
당신의 미소가 거기 있었고,
당신의 눈을 보았지요,
그리고 난 사랑에 빠졌어요.

하지만 당신은 너무 먼 사람,
나는 정박할 곳을 찾아 헤매다가
지쳐 버린 돛단배예요.

둘로 갈라서는 수많은 사람들,
우울한 노래를 부르는 상처 입은 남자들,
이글거리는 분노를 두 눈에 담고
거리를 헤매는 사람들…

수많은 아침을 혼자 외롭게
눈을 뜨게 된 것은

당신 때문이에요.

고개를 들어 보니
당신의 미소가 거기 있었고,
당신의 눈을 보았지요,
그리고 난 사랑에 빠졌어요.

Steve Forbert의 "I'm Love with You"에서

# 그대만이

그대만이 이 세상을 제대로 보게 합니다.
그대만이 어둠을 밝힐 수 있습니다.
그대만이 내 가슴을 그대처럼 뛰게 할 수 있고
그대만이 내 가슴을 사랑으로 채울 수 있습니다.

그대만이 내 안에
변화의 강물을 흐르게 합니다.
정말이에요, 그대는 나의 운명이에요.

그대가 내 손을 잡을 때면
나는 마법에 걸려 버리죠.
그대만이 나의 꿈이에요,
나의 하나뿐인 그대여.

그대만이 내 안에
변화의 강물을 흐르게 합니다.
정말이에요, 그대는 나의 운명이에요.

The Platters의 "Only You"에서

# 사랑이라는 기적

사랑이란 황홀한 거예요.
사랑은 4월의 장미,
이른 봄에 기적을 피우지요.

사랑에 빠지면 자기도 모르게
자기를 주게 되지요.
사랑이란 우리가 살아가는 이유,
평범한 사람을 왕으로 만드는
왕관이지요.

바람 불던 높은 언덕에서
안개 자욱한 아침에
두 연인은 입맞춤을 했지요.

세상은 여전히 그대로였지만
그대의 손가락들은 나의 조용한 가슴을 두드렸고,
노래하는 법을 가르쳐 주었지요.
그래요, 진정한 사랑은 기적이에요.

Andy Williams의 "Love is a Many Splendored Thing"에서

# 당신이 원한다면

누가 알겠어요,
내가 얼마나 오랫동안 당신을 사랑해 왔는지.
지금도 여전히 당신을 사랑한다는 걸
당신은 알고 있나요?

당신이 그렇게 하라시면
아무리 외로워도 평생을 기다릴 수 있어요.
그럴 수 있어요.

내가 당신을 만났을 때
당신의 이름을 제대로 알아듣지 못했지만
그건 정말 중요한 문제가 아니지요.
이름이 무슨 상관이겠어요.

당신을 영원히 사랑할 거예요.
온 마음을 다 바쳐 당신을 사랑해요.
우리가 함께 할 때에도 당신을 사랑하고
떨어져 있을 때에도 당신을 사랑해요.

마침내 내가 당신을 찾았을 때,

당신의 노래가 세상에 가득 차게 될 거예요.
큰 소리로 노래를 불러 줘요,
내가 들을 수 있도록.
마음놓고 당신 곁에 있게 해줘요.

당신의 모든 것 하나하나가
당신을 사랑하게 만들어요.
당신은 내가 그러리라는 것을
알고 있어요, 내가 그러리라는 것을.

Beatles의 "I Will"에서

# 내 맘 속엔 언제나

나의 모든 것을 다 바쳐
당신에게 잘 대해주지 못한 것 같아요.

나의 모든 것을 다 바쳐
당신을 사랑하진 않았을지도 몰라요

온 마음을 다 바쳐
사소한 것까지 다 챙겨주어야 했는데,
그러질 못했네요.
그렇게 시간을 쓰진 못했네요.

그래도 언제나
내 맘 속엔 당신이 있었어요.

당신이 정말 외롭고 외로웠을 때
당신을 안아주지 못했을지도 몰라요.
당신이 내 사랑이 내가 얼마나 행복한지
고백한 적도 없는 것 같네요.

당신이 뒷전이라는 느낌을 들게 했다면

정말 미안해요,

내 눈이 멀어 있었네요.
내가 바보였어요.

그래도 언제나 내 맘 속엔 당신이 있었어요.

말해 줘요, 당신의 달콤한 사랑이
아직 사라지지 않았다고 말해 줘요.

한 번만, 한 번만 더 나에게
기회를 줘요.
당신을 채워줄 수 있도록
다시 한 번만 기회를 줘요.

사소한 것까지 다 챙겨주어야 했는데
그러질 못했네요.

그래도 언제나 내 맘 속엔 당신이 있었어요.

Elvis Presley의 "Always on my mind"에서

# 지켜주는 여인

모든 것을 다 바쳐
한 남자를 사랑한다는 건
버거운 일일 수 있어요.
당신은 힘든 시간을 보내고 있는데
그는 아무렇지도 않게
즐거운 시간을 보낼 수도 있지요.

머릿속으로는 이해가 안 되지만
가슴으로 사랑한다면
당신은 그를 용서할 수 있을 겁니다.
그를 자랑스럽게 여길 수 있을 겁니다.

당신의 그이를 지켜주는
여인이 되세요.
춥고 외로운 밤마다 그의 곁에서
그를 두 팔로 안아 주세요.
그가 따뜻한 당신의 마음 느낄 수 있도록
꼭 껴안아 주세요.

그의 곁을 지켜주세요,

당신이 줄 수 있는 한껏
사랑을 베풀면서
그를 얼마나 사랑하는지
몸으로 마음으로 보여주세요
그의 곁에서 그를 지켜주세요.

Tammy Wynette의 "Stand By Your Man"에서

# 나를 원해 주세요

당신이 거기에 서 있는 모습을 보았을 때,
난 의자에서 넘어질 뻔했어요.
당신이 말을 하려고 입술을 움직거렸을 때,
난 피가 거꾸로 흐르는 것 같았어요.

당신이 보여주지 않으려고 애쓴 것들이
무엇이었는지, 오랜 시간이 흐른 지금에야
알게 되었어요. 내 가슴 속 무언가가
울고 있어요. 당신의 푸른 눈 속에서
무언가 채워지지 않는 갈망을 볼 수 있어요.

이봐요, 난 당신이 날 원했으면 좋겠어요.
내가 당신을 원하는 것처럼
당신도 그렇게 나를 원해 주세요.
으레 그래야 한다는 듯이
나를 원해 주세요.

여러 해 전, 당신은 이젠 감정을
드러내 보이지 말아야겠다고 다짐했지요.
당신은 그렇게 스스로 자기 자신을

얽어매어 놓았어요.

이봐요, 난 당신이 날 원했으면 좋겠어요.
내가 당신을 원하는 것처럼
당신도 그렇게 나를 원해 주세요.
으레 그래야 한다는 듯이
나를 원해 주세요.

Lobo의 "I'd love you to want me"에서

|

# 한 번만 더 생각해 봐요

대답을 하기 전에
한 번만 더 생각을 해봐요.
"예스"라고 말하기 전에
한 번만 더 생각을 해봐요.
나는 지금 당신에게 묻고 있어요,
나를 정말로 사랑하느냐고요.

시간이 걸려도 괜찮으니
천천히, 깊이 생각해 봐요,
당신의 사랑이 진짜가 아니라고 느껴진다면
나에게 그렇게 말해 줘요.
나에게 상처가 되더라도 좋으니
진실을 말해 줘요.

단 한마디의 말이 모든 것을 다
나타낼 수 있다는 것이
정말 우습군요.
당신의 입으로 내 이름을 불러주기만 하면
모든 것이 끝날 것 같아요.
당신이 마음의 결심을 굳히기만 하면

나는 뭐든 다 주겠어요. 오직 당신만이
나의 미래를 결정할 수 있어요.

대답을 하기 전에
한 번만 더 생각을 해봐요.
어떻게 하더라도 괜찮으니
한 번만 더 생각을 해봐요.

나의 사랑만큼 강하다면
어떤 시련이든 다 견딜 수 있을 거예요.
당신을 사랑하는 사람에 대해
한 번만 더 생각을 해봐요.

Brook Benton의 "Think Twice"에서

# 장밋빛 인생

꼭 안아 주세요.
제발 저를 좀 안아 주세요.
당신이 건 마법의 주문,
이건 장밋빛 인생이에요.

당신이 나에게 키스할 땐
천국에서도 한숨을 짓는 것 같아요.

두 눈을 감으면
나에게는 나의 장밋빛 인생이 보여요.

당신이 날 꼭 안아 줄 때면
난 마치 다른 세상에 와 있는 것 같아요,
장미꽃이 만발한 세상에.

당신이 입을 열어 말을 할 때면
위에서는 천사들이 노래를 부르고,
날마다 쓰는 단어들은
사랑의 노래로 바뀌죠.

당신의 마음을, 영혼을

저에게 주세요.

그러면 난 언제나  장밋빛 인생일 거예요.


Louis Armstrong의 " La Vie en Rose"에서